CB049088

viver
é prejudicial
à saúde
Jamil
Snege

capa e projeto gráfico **Frede Tizzot**

encadernação **Lab. Gráfico Arte & Letra**

revisão **Letícia Trein**

S 671
Snege, Jamil
Viver é prejudicial à saúde / Jamil Snege. – Curitiba : Arte & Letra, 2020.

76 p.

ISBN 978-65-87603-05-6

1. Ficção brasileira I. Título
CDD 869.93

Índice para catálogo sistemático:
1. Ficção: Literatura brasileira 869.93
Catalogação na Fonte
Bibliotecária responsável: Ana Lúcia Merege - CRB-7 4667

Arte & Letra Editora
Rua Des. Motta, 2011. Batel
Curitiba - PR - Brasil / CEP: 80420-180
Fone: (41) 3223-5302
www.arteeletra.com.br - contato@arteeletra.com.br

Jamil Snege

Viver é prejudicial à saúde

exemplar nº 599

Curitiba
2020

“Eu, I!”
Paulo Hecker Filho

Estou aqui, diante do espelho, examinando as mamas.

Tenho belas mamas – e nunca havia notado. Pequeninas, semelhantes às de uma garota de doze anos.

Agora que as apalpo e tenho-as no côncavo da mão, sinto uma súbita ternura por minhas maminhas. Curioso: passar tantos anos sem percebê-las, sem notá-las, simplesmente porque elas não se encaixam na minha autoimagem.

Foi preciso chegar à meia-idade para perceber que tenho mamas, compostas de glândulas, dutos e tecido adiposo, recobertas por auréolas e mamilos.

Estou quase feliz com minhas mamas – embora deva proceder periodicamente a uma autopalpação para verificar se:

1) não existem nódulos atrás dos mamilos;

2) não há qualquer retração da pele ao redor das auréolas;

3) não ocorre descarga papilar, ou seja, saída de secreção sanguinolenta.

Qualquer dúvida, devo recorrer ao médico. O doutor Mourão informa que quando o diagnóstico é feito na fase inicial, as chances de sobrevivência saltam de 80% a 90% nos dez primeiros anos de terapia. Mas adverte: seja qual for o tratamento adotado, a mastectomia é inevitável.

Ainda segundo o doutor Mourão, os genes relacionados ao câncer da mama – BRCA 1 e BRCA 2 – podem ser transmitidos de geração a geração.

Inquietante: os filhos têm 50% de chances de herdar os genes defeituosos dos pais. E eu jamais conversei com meu pai sobre isso. Acho que vou ligar para ele depois do almoço:

"Pai, como vão suas mamas?"

O velho vai entender manas. E, surpreso com meu súbito interesse familiar, discorrerá longamente sobre a saúde de minhas tias.

Abandono a hipótese do telefone.

Devo provocar uma conversa pessoal, direta, com o velho. Talvez chegar com naturalidade e apalpá-lo, de maneira neutra e profissional. As maminhas do velho devem estar caídas e murchas, alguns dedos abaixo do peitoral, e não sei como ele reagirá. O diálogo entre pais e filhos é muito difícil.

Termino o exame e vou para o chuveiro. Minhas mamas estão saudáveis e é com certa euforia que as enxáguo com abundante espuma e prossigo com vigorosa massagem.

O doutor Mourão diz que homens expostos a altas temperaturas estão sujeitos à atrofia dos testículos. (Desço e examino meus testículos.) Esse processo pode causar alterações hormonais que estão em relação direta com o câncer de mama.

Meus testículos jamais estiveram expostos a temperaturas elevadas. Nem mesmo no sentido metafórico. Altas temperaturas sugerem paixões abrasadoras. Há tempos que meus testículos vêm sendo cozinhados em banho-maria.

Meia-hora depois estou no escritório. Aproximo-me da prancheta do Harry:

– 1% dos casos de câncer de mama ocorre em homens!

Os três (Harry está discutindo um projeto com dois auxiliares) levantam a cabeça ao mesmo tempo e me encaram com ar de enfado. Ergo as sobrancelhas como se exigisse uma resposta e balanço três vezes minha mama direita com os dedos da mão do mesmo lado.

Os dois auxiliares olham para Harry e Harry olha fixamente para minha mão, que está abaixada.

São muito jovens. Jamais lhes passou pela cabeça que podem ocultar um câncer ao lado de suas gravatas.

Minha mesa tem quilos de papéis amontoados e Joana, minha secretária, corre para perto de mim. Tem o ar preocupado de sempre. Joana é muito ordeira. A cada manhã de trabalho renova suas esperanças de que vou chamá-la para organizarmos os papéis. Joana envergonha-se de seu chefe, mas eu finjo que nada percebo.

Ela gostaria de investir contra a bagunça que impera sobre o tampo de minha mesa e pôr um pouco de ordem nas coisas. Jogar fora tudo, de preferência – telegramas velhos, revistas, etiquetas, papéis de fax, envelopes de comprimidos, cartas que esqueci de responder, cupons de assinatura de revistas, catálogos de iscas artificiais, um jogo de chaves de fenda, um frasco de colírio, uma autobiografia de Darwin, uma única luva, um sabonete de motel, um carretel de linha branca, uma tesoura de podar, isqueiros vazios, um dicionário russo, um Novo Testamento português e inglês, um vidro de loção capilar e papéis, papéis, papéis. Pobre Joana.

Ela olha desolada para minha mesa e em resposta aos seus anseios de limpeza atiro para o lixo um jornal velho, alguns clips imprestáveis e uma lata vazia de coca-cola.

Mais não me atrevo a pôr fora. Minha mesa reproduz externamente o que guardo dentro da cabeça. Necessito de uma certa desordem, de um pequeno caos particular para dar vida aos meus projetos. Se não misturo partituras de Beethoven com latas vazias de sardinhas, não consigo dar partida ao meu processo de criação. Um de meus melhores projetos nasceu do encontro de um quibe que esqueci na janela com uma multidão de formigas famintas. Foi um sucesso. Uma grande estrutura ovoide, semienterrada, com entradas aéreas. As pessoas escalam o edifício pelas rampas longitudinais e, antes de penetrarem no seu interior, têm uma visão vertiginosa do conjunto.

Fui criticado, como sempre. Há quem diga que copiei o projeto de um arquiteto egípcio. O próprio Harry duvida de sua originalidade. Os estagiários jamais me consideraram um mestre a ser seguido. Simplesmente porque não trabalho em pranchetas. Sou confuso, culturalmente promíscuo, barroco no mau sentido e, pecado irremissível, interesso-me por várias coisas ao mesmo tempo. Seu ídolo é Harry, retilíneo até quando concebe uma curva.

Sobrevivo graças a algumas cotas da sociedade e porque Joana vela pelos meus deslizes. Meu sócio jamais me aceitaria como empregado. Vivemos um casamento incômodo, feito de longos silêncios e raros momentos de euforia. Já pensei em deixá-lo como sei que Harry pensa que acabarei por fazê-lo, continuo atormentando sua vida.

No momento sou uma espécie de gerente comercial. Apresento os projetos, fiscalizo a execução de maquetes, escrevo memoriais, visito clientes. Também os recepciono no escritório, atraindo-os para junto do computador onde uma sucessão de linhas e pontos luminosos os entretém até que Harry julgue-se suficientemente fascinante para que eu os leve até ele. Harry e sua prancheta sagrada. Somente os iniciados são admitidos em sua presença.

Resta-me Joana, a fiel Joana, com seus olhos de corça em cujo espelho deposito minhas pequenas fraquezas e obsessões. Joana tem belas tetas e mantém em relação a elas um pundonoroso distanciamento. Protege-as com roupas folgadas e, quando sentada, curva encantadoramente os ombros.

– 1% dos casos de câncer de mama ocorre em homens.

Falo num tom casual, sem olhar para Joana, mas sei que ela arregala os olhos e permanecerá nesse estado de transe até que eu lhe envie uma mensagem complementar.

– Sabia, Joana, que o câncer de mama atinge também os homens?

Ela faz que não sabia, embora duvidando de minha seriedade. Quase imperceptivelmente, lança um rápido olhar para meus mamilos.

Uma amiga. Certos assuntos a gente deve discutir com uma amiga, meiga e compreensiva. O problema é atrair Joana.

– Hoje me examinei, na hora do banho. Aparentemente, tudo bem.

Joana não se sente suficientemente atraída. Encurva ainda mais os ombros, num gesto instintivo de defesa. Não sei se procura defender suas róseas (suposição) auréolas do câncer ou de meu atrevimento. Preciso saber um pouco mais sobre técnicas de autopalpação. E Joana se cala.

Dúvida: devo ou não insistir? Já tantalizei minha doce secretária com infartos, aneurismas, enfisemas, úlceras e toda sorte de doenças infectocontagiosas e degenerativas. As duas últimas que pedi para Joana pesquisar foram espondilólise e osteopenia. Se eu aparecesse hoje com um condiloma ou uma fissura anal, Joana não ficaria tão calada e meditativa. Câncer de mama tem uma inevitável conotação sexual.

Harry continua a representar o mestre arquiteto para os dois estagiários bobocas. Harry não possui o menor traço de hipocondria. Jamais mantivemos um diálogo profundo sobre qualquer doença. À exceção de gripes e resfriados, no que é pródigo, Harry só se queixa de vagas enxaquecas. Odeia ficar gripado: seu nariz adquire tons violáceos e parece aumentar de tamanho. Debruça-se sobre a prancheta com uma cintilante gota de orvalho pensa das ventas. Os estagiários mantêm-se distantes. Harry os substitui por caixas e caixas de lenços de papel.

Depois de reuniões, telefonemas e outras rotinas, eis-me diante de mais um dia perdido. Fim de expediente. Harry acena-me de longe e sai ladeado pelos estagiários. Algumas moças ainda circulam pelo escritório, Joana entre elas.

Antes de sair, coloca discretamente sobre o tampo de minha mesa um folheto – Dicas Marítima de Saúde, nº 3. Assunto: prevenção do câncer de mama, ilustrado.

Quando examinar suas mamas, dois pontos. Todos os meses, uma semana após a menstruação. Após a menopausa, examine as mamas no primeiro dia de cada mês.

Como nunca menstruei, opto pela menopausa: me examinarei todo dia primeiro de cada mês. Dobro cuidadosamente o folheto e guardo-o no bolso. Lerei o resto em casa. Joana é ótima. Se ela não fosse mais nova que minha filha, pediria para Joana casar comigo.

Recado de minha filha na secretária: eu e Marcelo queremos jantar com você. Escolha o restaurante.

Sempre a mesma coisa. Ela me escolhe os genros e eu escolho o restaurante. Agora é Marcelo. Este será o quarto jantar de noivado a que compareço na qualidade de pai da moça. Um papel desagradável: tenho de representar o papai espirituoso, avançado, que não está nem aí para as convenções. Se eu não fosse divorciado, a coisa seria diferente – jantar em casa, a solidez do casal entronizada na mesa, meus supostos genros sentiriam o peso da responsabilidade. Que exemplo de união duradoura posso dar ao pretendente de minha filha num restaurante? E a sagrada instituição familiar? Como defendê-la, sozinho, num ambiente público e impessoal, sem o peso venerável dos cristais e das pratarias da família, do sagrado nume que impregna móveis e paredes e retratos, candelabros e quadros? Querida filha: tenho sido uma droga de pai para você. Tenho sido um péssimo sócio para o Harry. Mau irmão e mau amigo. Apenas um filho razoável: teus avós jamais esperaram qualquer coisa de mim.

Ligo a tevê. Tenho de acompanhar o fluxo do mundo. Um vago sentimento de fraternidade me transpassa. A pele negra dos refugiados. As moscas pousando sobre crianças esqueléticas. As moscas adivinham a morte. A morte na tevê:

impessoal, asséptica, imobilizando os bonecos de cera em poses fotograficamente corretas. Um vivo sentimento de solidariedade profissional me transpassa. O melhor enquadramento, gestos patéticos, a mãe tentando proteger o filho de encontro ao peito. A morte esteticamente aceitável. Afinal, não somos bárbaros. A arte da guerra não é apenas estratégia – um campo juncado de cadáveres tem de falar à nossa sensibilidade. E como tevê é também informação, o poder destruidor das armas tem de ficar patente. Corpos mutilados são um preito de louvor à tecnologia. Atentados a bomba com menos de dezoito vítimas só são eloquentes se houver crianças entre elas. Precisamos de sangue, mas não em excesso: bastam algumas gotas borrifadas na vidraça de um ônibus destroçado. As próximas matérias falam sobre o novo caso de amor da princesa e o ritual de acasalamento das baleias, sangue em excesso prejudicaria a mensagem de que o amor é a força universal que move a vida. Intervalo comercial, um novo e revolucionário protetor feminino, absorvendo imensas quantidades de líquido azul. Sangue menstrual azul – a propaganda preserva nossa delicadeza de sentimentos com sutis alterações cromáticas.

Desligo a tevê e apanho a Folha de S. Paulo de domingo. Gosto de ler jornais velhos: a realidade perde sua virulência. Podemos transitar sem susto entre as notícias, como quem visita uma retrospectiva. Escapamos ilesos do dia de ontem – isso é que importa. Sobram as matérias sine die, que pela razão de não serem atuais nunca perdem a atualidade. Uma delas me encanta: "Pênis do brasileiro mede 14 cm, diz estudo". Pesquisa realizada por urologista mineiro e apresentada no 3º Congresso Latino-Americano de Impotência Sexual mostrou que o pênis do brasileiro tem, em média, 14,1 cm quando ereto. Segundo a reportagem, essa medida está dentro dos padrões internacionais e confirma pesquisa anterior, feita por urologista gaúcho, que atribuiu ao membro ereto nacional a marca levemente mais intumescida de 14,3 cm. A metodologia usada foi a mesma: régua a partir do púbis. A reportagem esclarece que a primeira pesquisa dessa natureza realizada no país, em 1990, chegou a resultado mais modesto: 13,3 cm. Mas a metodologia utilizada diferia das posteriores: o médico responsável esticava os pênis, em vez de intumescê-los. E obedecia a uma finalidade bem mais prática: o curioso clínico fabricava próteses penianas e tenciona produzi-las em série.

A Folha ressalta a importância social das pesquisas – servem, segundo ela, para desmistificar a preocupação com o tamanho. "Na cultura brasileira, não sei por que, valoriza-se muito o pênis grande, de 20 cm, que se vê em filmes pornôs, mas essa não é uma realidade frequente", esclarece o peniólogo mineiro. E tranquiliza os menos favorecidos: "A vagina é uma cavidade virtual que vai se amoldar ao que entrar lá". Para provar as sábias palavras do especialista, a Folha entrevista algumas mulheres – todas unânimes em afirmar que tamanho não é documento.

Através da Folha, a ciência acaba de me prestar um grande serviço: acabo de me lembrar de que também possuo um pênis. Só não lembro onde guardei a régua. Se vier a achá-la, ainda enfrentarei um dilema de ordem metodológica: não sei se optarei pela ereção ou pelo esticamento. A prudência manda optar pelo segundo: é neutro, não interativo e corresponde a uma atitude mais científica.

Marcelo. Agora é a sua voz na secretária eletrônica. Renovando o pedido do jantar de noivado. Parece espontâneo – minha filha deve ter pintado o meu retrato com os tons fortes da generosidade. Sinto que Marcelo quer me conhecer realmente. Pediu apenas alguma antecedência de minha parte por causa do plantão. Deve ser plantonista de pronto-socorro. É sempre bom ter um genro de plantão. Começo a simpatizar sinceramente com Marcelo.

Harry não demonstra nenhum interesse pela pesquisa dos urologistas. Para ele, os centímetros têm uma finalidade bem mais nobre do que mensurar pênis eretos ou esticados. Pior: me olha como se eu estivesse à beira da devassidão total. As dimensões do membro de Harry são assunto de família, pertencem à intimidade do casal. Harry não gostaria que eu soubesse com quantos centímetros ele equilibra sua vida sexual. Depois que me divorciei, minhas relações com o casal Harry resumem-se a ocasionais encontros no escritório. Sua mulher costumava conversar comigo sobre filodendros. De repente, filodendro adquiriu uma conotação demasiadamente licenciosa.

Cumprimentamo-nos de longe – nada de falos e filodendros com o casal Harry.

Viagem de rotina ao litoral. Discutir o projeto de uma praça com o prefeito. Quinta ou sexta discussão – sempre há novos dados, detalhes, filigranas. Convido Joana, só por convidar. Ela se desculpa, levemente ruborizada, tal se eu a estivesse convocando para uma sessão de sexo explícito no acostamento da estrada. Joana é de uma timidez encantadora. Divirta-se, ela diz, sabendo que uma viagem de carro, sozinho, nada tem de divertido. Ao mesmo tempo, sugere que a viagem poderia ser bastante divertida se ela aceitasse o convite.

A vida é muito estranha. Já gastei a minha cota de mulheres, já amei e desamei, fui amado e desamado, mas de repente um arroubo juvenil brota lá de dentro e eu me sinto tolo, núbil e apaixonado. Por nenhuma mulher em particular, mas por qualquer mulher – contanto que me olhe com uns olhos redondos de ternura, me fale com uma voz macia, pergunte se dormi bem, se me alimentei, se senti falta dela. Arroubos. Sou um sujeito totalmente à margem do mercado amoroso ou sexual. Uma carreira profissional estagnada, uma aparência física que não é das melhores, o desencanto da idade, a indiferença do mundo. Cultivo hábitos antissociais e saberes inúteis. Sou capaz de discorrer sobre um monte de bobagens, identifico árvores, pássaros, minérios. Cozinho razoavelmente. Consigo discutir durante cinco minutos com especialistas de qualquer área. No minuto seguinte constato que não me especializei em nenhuma delas. Li os clássicos, ouvi os clássicos, cito em mau latim, nada sei de grego. De tanto ouvir sobre viagens internacionais, viajei o mundo todo sem nunca ter ido a parte alguma. E as vezes que fui, acabei não indo: não encontrei o túmulo do herói, o café dos impressionistas, a casa onde morreu Balzac, a nascente do Nilo. Peguei o trem que não devia, o avião antecipado, o hotel do lado oposto, fui ao bar que já havia fechado. A mulher que eu amaria já havia partido, o irmão prometido morreu na guerra da Criméia, o amigo desejado ficou retido em Istambul, um furacão, uma avalanche, uma súbita queda de temperatura, uma mudança do fuso horário, um porre, um mal-estar passageiro, uma diferença de caixa, a falta de um terno novo, o medo de se arriscar, não ouvir um conselho, ouvir um conselho, descartar um par de noves, insistir num casamento, alegar indisposição, simular um orgasmo – e aqui vou eu nesta estrada às três da tarde, como poderia estar numa estrada de

Sintra ou do Arizona, eu e minha circunstância imutável: existo – não sou.

Lucimara é a recepcionista do prefeito. Julga-me uma pessoa importante. Devo esperar só um pouquinho, serve-me chá gelado e cruza as pernas diante de mim. Quando desço a serra, o tempo retrocede dez anos. Lucimara usa os cabelos presos na nuca, uns vestidos rodados, o busto muito justo exibe dois seios redondos. Lucimara é atraente, uma sensualidade rústica de romance de capa e espada, a la Dumas. Vasta cabeleira, seus caracóis capilares sugerem idêntica colheita axilar e pubiana. Gosto de mulheres de concentrada pelagem nos pontos cardeais, glabras de resto. São mulheres passionais, palpitantes, capazes de punhais e navalhas. Amor homicida.

Lucimara sorri o tempo todo e bebe cada gesto meu. Abastece-me de chá gelado, que retribuo com observações espirituosas sobre o prefeito, a mulher do prefeito, secretários, gente da cidade. Lucimara ri, confidente, cúmplice, e nos prometemos gostosas gargalhadas para o próximo encontro. O prefeito abre a porta e, antes de entrar, pisco para Lucimara, dez anos rejuvenescido.

Viajo de volta com Lucimara na cabeça e uma jaca no porta-malas. O litoral me predispõe a sabores ásperos, cheiros penetrantes, leveduras. Compro bananas, goiabas, farinha crua, vidros de melado. E essa imensa jaca, cujos segmentos longitudinais me sugerem a redondez dos peitos de Lucimara.

Paro para tomar um caldo de cana, numa barraca de beira de estrada. A mulher vem lá dos fundos, liga a moenda e espanta as abelhas que pousam na boca da engrenagem. Os conselhos sábios de Harry: só beba garapa se houver abelhas; sinal de que não há inseticida. Regozijo-me com as abelhinhas ecológicas e esvazio o copo. Repito. Um ar denso, fermentado, flutua ao redor. Sou um náufrago subindo a serra, apenas um ou outro carro, caminhões, ninguém para na barraca mambembe da mulher. O caldo de cana está ótimo, verde-claro, opalino, uma coroa de espuma miúda nas bordas do copo.

Volto ao carro e ligo o rádio. Bois don't cry, dos Mamonas Assassinas. Penso em Lucimara, ela encaixa-se perfeitamente na música, começo a prestar atenção na letra.

Ser corno ou não ser
Eis a minha indagação
Sem você vivo sofrendo
Pelos boteco bebendo
Arrumando confusão

Um gigantesco entardecer. O verde da folhagem se adensa e a noite já se instala entre os troncos das árvores. Por sobre as copas o dia ainda está presente, coando-se através das nuvens vermelhas e cinzentas. Afoga-se o sol e uma luz cor de laranja se esbate no para-brisa. Lucimara. Jaca. O cheiro das goiabas maduras. Eu voltando para ninguém.

Você é muito fogosa
Tão bonita e carinhosa
Do jeito que eu sempre quis

A esta hora não deve haver mais ninguém no escritório. Harry já desceu, deve estar conversando na porta do estacionamento com os estagiários. Aproveitando minha ausência, Joana deve ter ajeitado os papéis de minha mesa, retirado o pó do tampo de vidro, jogado ao lixo alguns frascos vazios. Agora caminha pela rua com suas tetas petulantes, parando de quando em quando para observar-se no espelho de uma vitrina.

Minha coisinha gostosa
Dá aos pobres, é bondosa
Sou corno mas sou feliz

Uma grande nuvem negra cobre o sol. Poderia ter ficado em Paranaguá, Lucimara talvez me acompanhasse a um boteco onde beberíamos cerveja e comeríamos camarões fritos. Não sou corno nem sou feliz. Os Mamonas Assassinas parodiam a grande alma nacional, morena, mestiça, embebida na rusticidade da terra, com seus menestréis borrachos chorando suas dores de corno.

Soy un hombre conformado
Escuto a voz do coração
Sou um corno apaixonado
Sei que já fui chifrado
Mas o que vale é tesão

Como fazer baixar Mendelssohn, Bizet, Khachaturian ou Sibelius nesta América fermentada, densa de óleos e aromas, que viaja em boleia de caminhão por sobre uma fita de asfalto que atravessa o primitivo espírito da floresta com seus limos e líquens, gosmas e espasmos?

E na cama quando inflama
Por outro nome me chama
Mas tem fácil explicação
O meu nome é Dejair
Facinho de confundir
Com João do Caminhão

Se eu me chamasse Dejair. Uma casa de madeira na beira do mangue. Uma toalha vermelha, dois copos, uma garrafa de conhaque, uma garrafa de vermute. Uma guarânia ou um bolero, brincando de se esconder nos caracóis de Lucimara. A redondez de uns peitos e a alma doída suspeitando o cheiro de um outro. Uma faca no coração, punhal de ponta afiada, América parda, mestiça, Lindauras e Lucimaras, sangue, tesão, dor de corno, solidão.

Vejam só como é que é
A ingratidão de uma mulher...

Desligo o rádio. A FM do litoral começa a perder sua potência no alto da serra. A partir de agora, entro na área de atração de Curitiba. As marés e leveduras ficam para trás, estão mil metros abaixo de meus sentidos. Desfaz-se o encantamento de Lucimara e seus caracóis barrocos, o espírito retilíneo de Harry impera novamente. Sinto um ódio sincero por Harry e por mim mesmo. O que estamos fazendo, Harry, juntos nesse escritório imbecil? Estamos ricos, Harry? Somos dois arquitetos famosos, com nome e endereço nos guias internacionais? Nada, Harry. Fracassamos. Pequenas prefeituras de interior, clientes esparsos, amigos que nos pedem um projeto de 150 metros quadrados para a casa da chácara. Pedem e não pagam, Harry, são nossos amigos. Joguei fora três casamentos, enterrei vinte anos de trabalho e continuo do mesmo tamanho. Apenas envelhecemos, Harry, tornamo-nos frágeis, vulneráveis. Tenho pavor de dormir, pavor de doenças – até câncer de mama me preocupa. Você ainda se anestesia com a roda das pequenas ternuras familiares, torce pelos filhos, joga golfe, apara a grama do jardim, assiste às novelas de tevê com a mesma mulher há mais de vinte anos. Férias na praia, Harry, quinze dias de bovina ruminação contemplando velas pandas e pores do sol. Intelectuais, Harry, éramos intelectuais, lembra? Tínhamos um supino desprezo pelos toscos endinheirados, torcíamos o nariz para o mau cinema, a má literatura, a má arquitetura. As mulheres se impressionavam conosco,

Harry, éramos diferentes, anunciávamos um novo tempo. Havia em nossos olhos um fulgor, tínhamos o sinal de Caim na testa. Piada, Harry. Aqui estou eu nesta estrada, voltando para lugar nenhum sem ter certeza de ter estado em parte alguma. O suor de minhas mãos no volante é a única prova material de que estou vivo. Tenho um projeto finalmente aprovado pelo prefeito, uma praça sem nenhuma importância. Sinto o cheiro das goiabas, denso, dominante, em meio à paisagem que se perde no horizonte – o recorte desigual dos edifícios, ao longe, sugere uma boca cheia de pequenos dentes, o sorriso de piranha dessa Curitiba que nos devora. Minha filha vai se casar, Harry, talvez me dê netos de verdade. Posso ainda ser um avô inconveniente, sem fortuna, desses que as crianças toleram até aos dez anos. Depois, Harry, asilo, cadeira de rodas, mijar nas calças – ou você acha que seremos patriarcas veneráveis, farol e guia das gerações mais jovens?

Marco o jantar para quinta-feira. Marcelo está de folga na quarta, troca o plantão por minha causa. Seria bem mais simples antecipar o jantar, minhas noites são todas noites ociosas, Marcelo imagina que tenho a agenda congestionada de compromissos. Sabe o que farei na quarta-feira à noite, Marcelo? Provavelmente cortarei as unhas do pé – nada mais que isso.

Chegamos ao restaurante à mesma hora, estou saindo do lavatório quando eles entram numa nuvem de perfumada bem-aventurança. Beijo e abraço minha filha, aperto a mão de Marcelo. Ao sentarmos, dou conta de um pequeno ponto úmido e frio na cueca. Tenho a impressão de que chocalhei meticulosamente o pinto há pouco, não há razão para a desconfortável umidade de agora. Próstata? Aviso de uma futura incontinência urinária? Examino a carta de vinhos, para disfarçar. Minha filha e Marcelo trocam arrulhos, peço licença e volto ao sanitário. Calças abaixadas, inspeciono a fonte de minha angústia. Parece tudo bem. Nesse momento, ouço passos atrás de mim. Não deveria estar de calças arriadas no mictório, o que irão pensar? Os passos cessam de repente e ouço-os retroceder. Alguém consciencioso que não quis constranger um cidadão de meia-idade às voltas com o desconforto de suas partes pudendas. Teria sido Marcelo? Quando afasto as cortinas para sair, dou de cara com Marcelo, um risinho ruborizado. Chego à mesa rindo. Minha filha pergunta o que houve. Não houve nada, digo, Marcelo me viu sem as calças. Belo começo, minha filha diz. Um dia ou outro isso acabaria acontecendo, brinco. Falei tão bem de você, ela suspira. Eu não estava propriamente me masturbando, sussurro. Ainda bem, ela encerra e sorri para Marcelo, que retorna. Abro novamente a carta de vinhos e sugiro um borgonha, sem levantar os olhos. Marcelo aprova, assim como aprovaria cicuta, curare, cianureto, aguarrás, arsênico, suco de tomate. Marcelo profanou minha intimidade e agora gastará o resto da noite tentando se penitenciar. Acho ótimo. Estou senhor da situação. Mas eu vou comer peixe, minha filha protesta, a geniosa desmancha-prazeres. Pois peça um branco, e dou a carta para ela. Você toma comigo?, ela coopta Marcelo. Ele implora meu perdão com os olhos, mas finjo que nem percebo. Peixe para dois, borgonha para um. Peço uma vitela do chef, com ar de gourmet, escolha de que me arrependerei pouco depois, ao constatar que é o prato mais demorado da casa. Marcelo faz residência em obstetrícia, só agora me informam. Finalmente chega a vitela, Marcelo a avalia com um olhar clínico, cartilagens mal formadas, tecido viscoso, mole. Estou comendo um feto diante de um obstetra. Um mau começo, penso. Escolha infeliz, nunca apreciei vitela, e justo agora resolvo pedir vitela – diante de meu futuro genro obstetra, que eu jamais imaginaria que fosse obstetra. Sogro ogro, bicho-papão, cada gole do borgonha me sobe o sangue. O peixe que ambos comem, hígido e níveo, os torna superiores e excelsos. Um mau começo. Tento me interessar pela vida profissional de Marcelo, mas só fico à vontade depois que o garçom retira o feto do chef da minha frente. Minha filha, embalada pelo branco seco, é mediadora eficaz.

Dentro de pouco somos um pequeno grupo familiar transbordante de afeto. Queiramos ou não, eu e Marcelo temos agora um vínculo sexual, é necessário que nos entendamos. Sempre que eles forem para a cama, lá estarei eu, condescendente, aquiescente persona, fazendo efêmeras aparições na tela mental de ambos. Nada de superego castrador. Paizão alcoviteiro, chifres e cascos de bode – eis o que pretendo ser.

Pequena discussão na hora de pagar a conta – acabo vencendo. Não quero que meu futuro genro obstetra comece no prejuízo. Vamos tomar um café lá em casa, convido e eles aceitam. Vou na frente, no meu carro, eles seguem atrás. Poderia despedi-los à porta do restaurante, mas isso não seria muito civilizado. De mais a mais, percebo em ambos um sincero desejo de estender a reunião familiar, abrigarem-se na instituição que represento. Sou o pai da moça, não percamos de vista este detalhe. Marcelo, cuja família vive no interior, mantém em sua galeria de afetos uma grande cadeira de encosto e espaldar altos para a figura do pai – e faz questão de que eu me sente nela. Não me sinto muito à vontade no trono do patriarca, mas não devo frustrar meu futuro genro. Entramos, sentamos, levanto em seguida para preparar o café. Marcelo olha deslumbrado para as paredes, os móveis da sala. Vivo numa casa construída com sobras de demolição, o vigamento do teto proveio de uma ponte, as portas vieram de um hospital. Um torrador de farinha faz as vezes de mesa de centro – Marcelo acha encantador esse detalhe. Mostro-lhe o velho alambique de cobre, lanternas de navio, um mapa-múndi falsificado que levianamente atribuo a um cartógrafo genovês. Tomo o cuidado de passar essa informação num tom baixo, minha filha é capaz de me desmascarar, é do seu feitio. Arrasto Marcelo para a biblioteca, é onde me sinto mais seguro, três mil volumes criam um efeito extraordinário para qualquer leitor amador. Um bibliófilo riria do meu acervo – mas Marcelo arregala olhos estupefatos. Estou me saindo bem no papel de futuro sogro e tão bem o represento que de repente percebo que estou sendo sincero. Não sou uma porcaria qualquer, pelo menos acredito neste momento que sou um homem culto, depositário do que de melhor o pensamento humano empreendeu nos últimos milênios. Tenho livros de arte, vídeos, – das grutas de Altamira ao Museu de Arte de Nova York, procedo a uma varredura completa de tudo o que o engenho humano engendrou sobre a face do mundo. O fato de não conseguir converter isso tudo em dinheiro, prestígio, poder, posição social é algo que escapa à minha vontade. Qualquer político corrupto ou traficante de drogas é mais bem recebido que eu, seja no spa, na UTI, na mídia, no point da moda. Esforço-me para cooptar Marcelo, assim como me esforcei para cooptar minha ex-mulher, minha filha, meus ex-parentes e ex-amigos. Não consegui, é verdade. Não existe nada de mais anacrônico no mundo de hoje do que um intelectual de modestas posses. Sólida formação, consciência crítica, vida interior, solidariedade para com o próximo – por favor, botem esse cara pra fora, espanquem o chato. Você é um perdedor, sentencia o filho. Falta-lhe ambição, diagnostica a mulher às amigas. Coitado do velho, apieda-se a filha mais nova. Não há roupa que combine, nem corte de cabelo, nem modelo de automóvel. A intolerância generalizada começa no seio da própria família, é bem aí que você recebe a primeira rasteira, a puxada inaugural de tapete. Você começa a deslizar pela casa como uma ameba monstruosa, uma máquina de repulsiva fisiologia. Reclamam da cinza do cigarro, do jornal espalhado pelo sofá, do tempo gasto no banheiro, da falta de maneiras à mesa, dos odores que você produz. Aliás, você é um exalante desestruturador da ordem doméstica, suja toalhas, embola tapetes, tolda espelhos, lambuza pratos, amarrota lençóis, danifica escovas, entope ralos. Dorme na hora errada, acorda cedo ou tarde demais, manifesta sua libido nas horas mais inconvenientes, trocar as lâmpadas queimadas, foi você, confesse, que se serviu de manteiga com a faca suja de geleia.

Conversa séria com Harry. Ele compra minha parte na sociedade. Combinamos parcelas mensais, tudo muito rápido e objetivo. Continuo responsável pelos projetos em curso. Harry estende-me a mão, um sorriso constrangido. A amizade é a mesma, ele garante. Como nos velhos tempos, tenho vontade de acrescentar. A seguir, desloca a conversa para o terreno doméstico, o sogro vai operar a catarata, apareceu uma infiltração na laje da garagem, as saúvas estão destruindo as roseiras. O universo fascinante de Harry, devassado ao seu velho amigo e ex-sócio. Uma amostra do que tenho perdido, desde que nos fomos afastando. Harry, generosamente, oferece-me uma dose de emoção e pede dois cafés pelo interfone para prolongar este momento de calorosa amizade. Estamos na sala de reuniões, Harry fica um tanto inseguro longe de sua prancheta mágica, torce as mãos, põe-se a catar invisíveis saúvas sobre o tampo de vidro – e você?, finalmente pergunta. Estou sem açúcar em casa, informo, devolvendo-lhe a dose de emoção de há pouco. Tive visitas ontem à noite, não havia açúcar nem adoçante. Isso é terrível, confirma Harry. Já experimentou estévia? Quando deixamos a sala, Harry coloca a mão no meu ombro – velhos amigos a portas fechadas numa reunião de rotina. A mão de Harry me incomoda, ele é mais alto que eu, o gesto paternal acentua a diferença de estaturas. O pessoal do escritório finge não perceber nada de anormal, Joana é a que finge com mais compenetração, Harry balança-me pelo ombro desastrosamente para evitar que se confirme o que todos já desconfiam. O prefeito de Paranaguá pede uma nova reunião, Joana me avisa quando me liberto de Harry e chego perto dela. Pode marcar para amanhã, final do expediente. À noite? À noitinha, corrijo.

Solidão dos diabos. Tento ligar para minha filha, ninguém atende. Ligo a tevê. Entrevista com uma pitonisa. Ela traça o mapa astral a partir da data e hora do nascimento. Adivinha as reencarnações passadas. Trazemos um karma de nossas vidas anteriores e temos de resolvê-lo. Às vezes são necessárias dez reencarnações sucessivas. O entrevistador, que se oferece como cobaia, está prestes a limpar seu karma. Falta-lhe apenas uma reencarnação. Já foi concubina de um rei persa, cirurgião na corte de Luís XIV, prostituta em Paris, rico mercador de escravos, mandarim, cantora do Moulin Rouge à época de Toulouse-Lautrec. Morreu da última vez em 1927, assassinada pelo amante, bem mais jovem que ela. Risos na plateia. O entrevistador faz uma piada, a pitonisa ajunta mais detalhes. Tantos lugares no mundo, por que só a França? – quer saber o entrevistador. A pitonisa se atrapalha, não sabe explicar por quê. Coincidências do destino. A França é o grande teatro das reencarnações. E os papéis – cortesã persa, médico da corte, mercador de escravos, cantora de cabaré –, todos romanescos e eletrizantes. Ninguém reencarna como sócio do Harry, sogro de obstetra, arquiteto medíocre em Curitiba, goleiro do Matsubara, pizzaiolo de uma cantina no Brás, balconista das Lojas Americanas em Diadema, tratador de macacos do Beto Carrero World, bilheteiro do

Pacaembu, vendedora de pamonha na feira de Cascadura. Ou há um evidente preconceito da parte de quem programa as reencarnações ou somos apenas figurantes das grandes vidas entre as quais nossas vidinhas se mesclam.

Desligo a tevê. Tentar dormir. A mão de Harry ainda comprime meu ombro. Procuro não pensar nele, mas descubro que tenho poucas opções. Fatiguei-me de Harry, do escritório, mas fui suficientemente imbecil para não construir nada mais relevante ao meu redor. E a maldição de começar a envelhecer. No meio da noite, no meio do mundo, luz de vagalume lambendo as trevas. Se minha vaidade não me impedisse de usar óculos, seria até agradável ler à luz do abajur. Mas começo a ver formiguinhas brancas roendo o contorno das letras, abrindo trilhas em ziguezague na massa gráfica. Ler – é só o que tenho feito, essa ânsia burra de buscar a pedra filosofal, a epifania da linguagem, a revelação da escritura, o verbo ardente escandindo a palavra mágica que desvela o mistério. Se não tivesse me fatigado de Deus, poderia pilotar o barco da minha insônia em bem-aventurança até a margem da manhã seguinte. Se não tivesse me fatigado do amor, dos tédios e silêncios que o pontuam, eu poderia embeber meus sentidos no torpor de outro corpo. Se não tivesse me fatigado da ideia da morte, eu me agarraria com fervor à vida que sobrevive ao pequeno morrer de cada dia. A lucidez é o mais cáustico dos venenos. E não há espírito que resista à lenta deterioração do corpo. Um homem de meia-idade, nu e sozinho no bojo da noite, sem uma contrição ou um orgasmo, recusando a introspecção que só conduz a ruínas, é um feto desidratado exposto na mesa de autópsia do mundo. Precisa se agarrar ao útero mais próximo, pegar carona na vida que passa ao lado, fincar seu bico de molusco faminto na plenitude de sua presa. Minha filha é minha presa, Harry é minha presa, alguns amigos sobre os quais lanço meus tentáculos com um misto de afeto e repugnância, sim, sou o torvo, o torpe, o que maneja unhas infectadas, embaralhando palavras e navalhas, escondendo na manga a lâmina enferrujada, o ferrão, a baba pegajosa do pequeno monstro solitário.

Cinco horas da manhã. A hora mais escura – a que antecede o amanhecer. Já inventariei todos os ruídos da casa, todos os silêncios. Vou ao banheiro, urinar pela terceira ou quarta vez. O jato é frágil, hesitante; interrompe-se; recomeça lento e escasso. Não tenho muito o que mijar. Próstata, talvez. O espelho revela um peito achatado, lábios pensos, um olho mais baixo que o outro. A respiração é rápida e se concentra na parte superior do tórax. Seios arfantes de heroína de romance capa e espada, não consigo respirar com a barriga. Inspiro lentamente, puxando o ar para baixo e projetando o estômago. Repito com dificuldade. Minha língua exibe manchas escuras – café, cigarros em excesso? –, dorso limoso de peixe. Escovo os dentes e aproveito para escovar a língua; escovo as gengivas; e mais não escovo porque não há o quê. O espelho me devolve uma atenção benevolente. O vizinho ao lado, açougueiro, liga o motor da caminhonete, acelera, estilhaços acústicos se chocam contra minhas paredes. Ruído infernal, soletro mentalmente, mas na realidade estou adorando a fúria rancorosa do velho motor. Vou apagando as luzes da casa e um leite rosado filtra-se pela claraboia. Atenção, passageiros para o dia, queiram tomar seus lugares. Entrego a cidade, com seus roubos, estupros e assassinatos, aos seus legítimos donos. Sou o guardião da noite, encerro meu turno. Agora já posso dormir.

Um dia de cão. Pensei haver matado um homem. Durante horas me torturou essa ideia. Como foi? A maldita reunião com o prefeito. A tal praça. Dar continuidade aos projetos em curso. Harry, querendo prolongar minha agonia, propôs e eu burramente aceitei – ir aos poucos me desligando do escritório. E o que se chama dar sopa ao azar.

Peguei o carro às cinco e pouco da tarde. Ao invés de atravessar a cidade para tomar a BR, resolvo fazer um longo contorno e descer pela estrada velha até o litoral. Ainda guardo uns laivos de cicuta na alma. Preciso de paz, contemplação. A velha Graciosa é um túnel sinuoso por entre a mata densa, não há quase ninguém – apenas um ou outro carro que sobe, pescadores, vagabundos de meio de semana, varas de bambu e tralhas no bagageiro. Adoro esta paisagem. Samambaias, bananeiras, aqui e ali uma coluna de luz perfurando a ramagem compacta. O carro desliza sozinho, o motor silencia, os pneus tentam se agarrar na pedra lisa com uma sofreguidão de gengivas. Escurece rápido. O declive se acentua, as curvas se sucedem. Ainda não acendi os faróis – adio a noite que se adensa com seu hálito vegetal, noite nova, de cheiros acres e adocicados. A faixa escura se confunde com a folhagem, escorrego rente ao barranco, súbito meus olhos sem óculos supõem algo que se move. Uma sombra, um vulto, estou tentando controlar o carro que se desgoverna após um baque surdo, violento. A coisa ainda está acontecendo, um segundo, dois, estou deslizando de costas para o abismo, uma árvore, a pancada seca no para-choque traseiro me indica a presença de um tronco que resiste, consistente, diverso do baque mole no corpo movente de há pouco. O carro se ajusta de volta à pista, acendo os faróis, engulo uma saliva seca, minhas mãos tremem, minhas pernas tremem.

Era um vulto, uma sombra. Homem ou mulher, não sei. Talvez alguém agachado, embriagado. Vi uma luz na beira da estrada, uma casa, mas não parei. Segui o galope do meu coração, que gritava fuja, covarde, fuja, você não vai querer conhecer o homem, vai?, não vai querer conhecer a sua obra, vai? Vontade de parar num posto policial, ligar para o Harry, para minha filha, venha, traga o Marcelo, um obstetra deve entender um pouco de ossos fraturados, de vísceras rompidas, vamos voltar lá, um corpo agoniza à beira da estrada, é noite, ainda podemos salvá-lo. Mas não parei, não liguei, pus-me a correr feito louco, tenho uma reunião com o prefeito, nada disso aconteceu, meia hora depois estaciono diante da prefeitura. Gabinete vazio, o prefeito assiste ao telejornal. Demorou, ele disse, sem tirar o olho do vídeo. Desculpei-me, ele não ouviu. Acho que atropelei um cara, digo. Onde?, ele se interessa. Não sei se atropelei. Se você atropelou daqui a pouco a gente sabe.

O prefeito é o poder encarnado. Os acontecimentos devem vir rastejando até ele. Assim como determina que devo eliminar a passarela da praça, encurtar o canteiro central e instalar umas horríveis mesas de xadrez no espaço sobrante, ele determina que devo permanecer calmo à espera dos ecos do reino. Pouse aqui esta noite, ele decreta. Amanhã saberemos.

Só lembro de examinar a frente do carro quando estaciono no pátio do hotel. Nenhum estrago comprometedor, exceto o para-choque meio frouxo no lado da pancada. Não há marcas de sangue, nada. O hotel está quase vazio, fico no bar, tomo quatro ou cinco doses de uísque, assisto a um jogo de futebol pela tevê. O prefeito me chama pelo telefone e só então percebo que já estou meio bêbado – não me sobressalto. Onde foi o acidente?, quer saber. No final da serra, perto do Porto de Cima. Então você veio pela

Graciosa, caralho! Por que não veio pela BR? O prefeito se irrita porque não vim pela BR. O prefeito se irrita porque os acontecimentos não estão vindo rastejando até ele. Vai fazer novas averiguações e depois me liga.

Volto para o bar e o uísque. O garçom pergunta se não vou comer nada, a copa vai fechar. Matei um cara, estou sem fome, respondo. O garçom demora alguns segundos, depois ri. Rio também e peço um sanduíche. A moça da copa recebe o comando e olha ostensivamente para o relógio. Já vi esse gesto antes. Já vi esse bar, esse uísque. Já vi minha cara no espelho do fundo umas trezentas vezes, um crânio encimando por um tufo de cabelos grisalhos, malares salientes, a face estreita, queixo pouco proeminente. Imagino-o descarnado, órbitas vazias, um buraco no lugar do nariz, a depressão do ptério, o calo occipital. Sempre gostei de imaginar caveiras a partir do exame das cabeças falantes, ridentes ou silentes com as quais me defronto. Meu passatempo preferido durante as reuniões, imaginar como ficariam aquelas cabeças sem a pele e os pelos que as recobrem. Osso nu, lunar, a rir o riso congelado dos que se esvaíram de todos os sonhos.

Subo para o quarto, o sanduíche embrulhado num guardanapo de papel. Matei um cara hoje. A prova está lá embaixo, o para-choque solto numa das pontas, pancada forte, fez o carro se atravessar na pista. Havia uma casa perto, uma luz acesa. Uma única casa em quilômetros de mato. A esta hora já devem ter achado o corpo, avisado a polícia, minha vítima prepara-se para dormir no tampo de aço inox da mesa de autópsia.

O verme assassino está se enxugando diante do espelho. O verme assassino acabou de tomar um banho de ducha e agora se examina demoradamente. O verme assassino aguarda um telefonema enquanto se espreita no vidro embaçado. Minhas pernas estão se afinando, constata o verme. Uma dobra de pele flácida cai sobre os joelhos. A cintura engrossou, o estômago é uma bolsa saliente. Os braços ainda parecem fortes, mas os ombros acusam uma perda sensível do tecido muscular. Após os trinta e cinco anos, você perde cinco por cento da massa óssea a cada dez anos. E a marcha implacável da osteoporose. Qualquer torção, qualquer queda, é fratura na certa. O verme assassino ainda está anestesiado pelo uísque e só percebe que o telefone está chamando depois do terceiro toque. Alô, diz o verme ofegante. Ligação para o senhor, avisa a telefonista. Alô, repete o verme. Você atropelou um porco, sentencia o prefeito.

Alô? – ainda estou tonto.

Você atropelou um porco, está ouvindo?

Como foi isso?

Eu é que vou saber, porra?

O tom do prefeito é de censura. O meu, de total atonia. Ele está irritado porque atropelei um porco. Esperava que um cadáver viesse rastejando até ele, um cadáver sobre o qual pudesse exercer seus poderes, intervir, ajeitar as coisas. Eu lhe forneço um porco. Linguiça, costeletas, pernil. Ingredientes para feijoada. O prefeito não perdoa minha inépcia. Meu gesto ignóbil. Ocupar-lhe a noite com investigações e diligências. Ainda atônito, quero saber como ele desvendou o meu crime.

Mandou seus asseclas até lá. Vasculharam a área. O porco se arrastou até a casa.

Você acertou o cara em cheio, mas não matou.

O cara é o porco. O prefeito ainda tenta antropomorfizar minha vítima. Pelo menos no plano simbólico ele procura dar dignidade ao acontecido. E volta a censurar minha incompetência.

Vê se da próxima vez atropela alguma coisa melhor.

Amanhã a cidade inteira estará sabendo da história. O arquiteto de Curitiba atropelou um porco e veio pedir a proteção do prefeito. Ficou escondido no hotel a noite toda, com medo das consequências. Vou dormir dolorido (torci o pulso na hora da colisão, só agora percebo), aliviado e frustrado. O sanduíche permanece intacto na mesa. De um momento para outro, perdi toda a vontade de comer presunto.

A telefonista me chama às sete. Estou tonto, não costumo acordar cedo. A primeira imagem que me vem à cabeça é uma imagem acústica. A voz irritada e admoestadora do prefeito. Você atropelou um porco, está ouvindo? Tenho de fugir o quanto antes, daqui a pouco virá alguém para me levar à prefeitura, quererão ouvir minha versão e eu, entre risos e pilhérias, serei obrigado a assumir o papel do idiota que atropelou um porco supondo ter atropelado um homem. Vou me vestindo às pressas, por sorte não tenho bagagem, nem roupa limpa para mudar. Minha confusão é tanta que ao acender um cigarro verifico que há outro recém-aceso no cinzeiro, lapso senil ou simplesmente um lapso, não importa, molho a cara na pia, miro meus olhos congestionados no espelho e já estou descendo as escadas e pedindo a conta. Enquanto o empregado sobe para verificar o frigobar, oh, demora, engulo uma xícara de café preto, forte e minutos depois estou saindo da garagem do hotel.

Não vou pela BR. Quero voltar por onde vim, pela estrada velha, se possível rever minha vítima, o ponto onde rabeei com o carro contra a árvore que me salvou da queda fora da estrada. Quero refazer o túnel do pesadelo de ontem à luz deste sol esplendoroso de agora, estou eufórico, mãos firmes no volante, o ar úmido da mata e o imenso paredão da serra que se avizinha enchem meu coração de uma inaudita felicidade. Obrigado, porco amigo, você quase me atirou no abismo, me expôs ao vexame e à galhofa, me encheu de remorsos, mas me restituiu o prazer de poder intervir no mundo, provocar um acontecimento, abrir um rombo nesta cortina de tédio e indiferença que nos sufoca. Estou vivo, amigo porco, porque te imolei ao deus da morte e da destruição, ao grande deus dos dejetos e da sucata que transforma o perecível em novas possibilidades de matéria viva. Se este deus tivesse uma forma, ele seria igual a ti – mandíbulas insaciáveis, fúria devoradora, nenhuma distinção entre o são e o pútrido, besta resfolegante a pastar entre os extremos da gênese e da necrose.

O asfalto começa a ziguezaguear e o motor exige uma redução na marcha. Estou me aproximando. Uma curva, outra mais e entrevejo o telhado da casa, as paredes de madeira sem pintura. Quatro ou cinco pessoas se movimentam no espaço rente à estrada. Há fumaça, tralhas, coisas penduradas num jirau improvisado. Um cheiro morno de sangue, um hálito de entranhas empesta tudo ao redor. Vou penetrando naquele trecho sufocante devagar, parando, encostando bem o carro na margem oposta, os pneus fora da estrada, que é muito estreita. Um homem me faz sinal, se agita, aponta para as coisas penduradas, quer me vender algo. Desço e caminho em sua direção, ele sorri satisfeito, me saúda, chegue, doutor. Subo o degrau de grama e meus pés escorregam no caldo espesso que verte daquela faina. O que vejo primeiro é um monte de tripas, as pernas de uma adolescente respingadas de sangue, os chinelos enterrados no charco. Ela raspa com a faca uma manta coberta por um couro branco. Vai um pedacinho aí, doutor? O homem tem dentes amarelos, falhados, sua cabeça emerge de uma coluna de vapor, o tacho de onde provém o vapor ferve porções de tripas. Ao lado está uma mesa feita de tábuas rústicas e sobre ela um moedor de carne, um monte de retalhos e na extremidade oposta a cabeça alvacenta, os olhos velados por espessas cataratas, os dentes amarelos e o riso congelado do meu velho amigo. Vai um pedacinho aí, doutor?, o homem tenta subtrair meu olhar das pernas da menina, da pele morena respingada de sangue preto, da bela bunda púbere que se movimenta sob o pano escasso do vestido, olha que beleza aqui, doutor – e me obriga a olhar para onde sua mão aponta, para um longo espinhaço apenso a uma posta de carne rósea, é lombo, doutor, lombinho, coisa fina. Pergunto quanto custa, são seis quilos, doutor, ele finge fazer uma conta que já está feita, regateio, ele me oferece mais um pernil de contrapeso, dez quilos o senhor só paga nove, doutor, a família vai gostar. Pago e saio carregando duas sacolas de plástico, o amigo porco se divide em dois na balança dos meus braços, dou ainda uma última olhada para a cabeça alvacenta, para a voracidade paralisada nos dentes amarelos, às pernas respingadas de sangue seco da garota com a faca uma última olhada, deposito as sacolas no chão do carro, a carne dentro é quente, o cheiro é grosso e pesado.

Viajo com as nádegas da garota pespegadas no meu cérebro, quantos quilos haveria ali de carne rija e viçosa, um animal novo pisoteando o charco ensanguentado, vou subindo a serra e minha respiração se acelera, vou reduzindo a marcha e embicando no acostamento do mirante, a coluna de fumo é um fiapo esgarçado lá embaixo, uma árvore, meu deus-porco, uma árvore na qual me encosto, as nádegas da menina pespegadas no meu cérebro, minha mão sôfrega trabalha rápido e executa o seu ofício.

Direto para o escritório, Harry e seus pupilos me veem entrar amarrotado, uma das sacolas na mão, a mais pesada, estofando as veias do meu braço. A fiel Joana vem ao meu encontro, ainda se considera minha secretária, quer saber se estou machucado. Apenas o pulso, Joana, o esquerdo, uma dor à toa, um pouco inchado. Harry também se interessa, franze o cenho preocupado, souberam de tudo logo cedo, estranharam a demora. Um porco, não?, pergunta Harry, colidir com um animal é perigoso, você podia ter tombado, é uma loucura dirigir naquela serra. Não é, protesto, tenho feito mil vezes esse caminho, não digo que viajava com os faróis apagados. Só agora Harry examina a sacola. Loucura foi a deste aqui, ó, ergo a sacola, ele é que foi o imprudente, ergo-a e deposito-a na mesinha ao lado da prancheta, o plástico leitoso aderido ao sangue exsudado. Era um belo animal, Harry, enfio a mão no plástico e ergo o espinhaço, veja que lombo maravilhoso tinha o sacana. Harry recua horrorizado, meu braço esticado sustenta a longa tira como um gancho, meus dedos em torniquete contra o osso. É para você, Harry, digo muito calmo e comedido, amistoso, e devolvo a peça à sacola. Os olhos de Harry viajam do horror à cobiça controlada, avaliam com interesse a oferta, seis quilos, um dos estagiários diz ah, isso assado, as moças fazem coro, hum, diz uma delas, com batatas douradas, meu amigo porco finalmente é admitido, saudado pela fome, é quase hora do almoço. Afasto-me para lavar as mãos, há resíduos de sangue e de luxúria entre meus dedos.

O homem que matou o porco, a rigor, não matou o porco. O porco foi esfolado na manhã seguinte, depois de se arrastar de volta, estropiado, ossos partidos. Foi ainda deitado na lama que aparou no peito a faca pontuda, a lâmina enferrujada furando o coração, uma dor entre outras tantas. Grunhiu feito um porco, com raiva, com ódio, conforme os rituais do ofício, sentindo a morte alojar-se dentro como uma golfada brusca e quente que vai escorrendo e lentamente subtraindo do corpo, à sua passagem, a posse de si.

O homem que a rigor não matou o porco retira da geladeira um pernil do porco morto, lava-o sob a torneira, acomoda-o numa grande travessa esmaltada e cobre-o com um pano. A seguir, deposita sobre o tampo da pia uma cabeça de alho, limão, sal, pimenta moída e vai até a pequena horta colher umas folhas de sálvia, um raminho de alecrim, outro de coentro. Numa espécie de almofariz, tritura todos os ingredientes e compõe uma pasta leitosa, de odor penetrante, com a qual besunta o pernil depois de escorrê-lo e enxugá-lo cuidadosamente com uma toalha de papel. À medida que distribui a pasta sobre a carne rosada, faz algumas incisões não muito profundas, tomando o cuidado de seguir com a lâmina o sentido das fibras musculares. Inclina-se então sobre a peça, aspira uma, duas vezes, o nariz quase tocando, reforça um pouco o sal, mais gotas de limão, a saliva que se acumula sob a língua é a medida do acerto da alquimia. Devolve o pernil à geladeira sob fina película transparente, vedado feito um arcano, que aí se marine do porco o seu pernil por horas tantas até que vá ao forno.

Arroz branco, salada verde, batatas douradas. O soberbo pernil no centro. Minha filha pôs a mesa com requinte, provamos o cabernet com exclamações de alegria, tenras fatias frequentam por pouco tempo nossos pratos. Marcelo relutou ao convite – porco? –, os médicos associam a palavra porco à cisticercose, na cabeça de meu futuro genro começaram a pulular diminutos animálculos platelmintos cestoides, com suas vesículas bem formadas. Marcelo relutou, mas acabou cedendo, agora se rende por completo às artes culinárias de seu quase sogro e mestre. Estamos os três em adorável convívio, o pernil já exibe seu belo osso, aproveito para falar do fim da sociedade com Harry, das minhas noites de solidão e pânico. Você precisa arranjar uma mulher, pai, diz minha filha, é a primeira vez que ela admite isso, mamãe também está namorando, você não tem visto ela, tem? pai, ela está superbem. Oh, que ótimo, aplaudo, faz muito tempo que não vejo sua mãe, que filha da puta, penso sem deixar de sorrir, superbem namorando, e comigo só vivia de mau humor, queixando-se que eu não a levava para dançar, que eu não era romântico, que não prestava atenção no seu penteado novo, que nem calcinhas novas ela tinha vontade de comprar, culpa minha que não pintava meu cabelo, não fazia ginástica, que não tinha ambição de ficar rico. Você precisa viajar, sugere Marcelo, lógico pai, reforça minha filha, dinheiro você tem, não tem? Mas minha vida profissional, argumento, se eu sair de cena me aposentam por completo, esta cidade adora exterminar vocações. E esse tempo todo que você perdeu com o Harry?, diz minha filha, um cara que nunca teve a ver com você...

Minha filha é uma mulher muito bonita. Tem um caráter firme, dominador. Um olhar que se enternece sem perder o brilho duro do metal. Era a mais forte, quando ainda morávamos juntos os três. Quando resolveu estudar fora, colocou sua decisão de uma maneira tão clara e convicta diante de nós que nem eu nem sua mãe tivemos coragem ou autoridade para lhe barrar o caminho. É uma dessas pessoas que sempre conseguem um lugar no voo lotado, uma poltrona vaga na noite de estreia, o relaxamento de uma ordem, a quebra de um protocolo. Faz isso sem atropelar ninguém, sem molestar ou humilhar-se, como se o objeto de sua vontade desde sempre lhe pertencesse. Conquista sem subtrair do alheio e, depois que obtém, o mundo comporta-se como se ainda lhe devesse outros favores. Até hoje não compreendo como pudemos engendrá-la com a matéria frágil e hesitante de que eu e sua mãe somos feitos.

Por que, diabos, não puxei à minha filha? Perguntas idiotas escondem dúvidas profundas. Gostaria que alguém me dissesse por que tenho de ser o limítrofe, o quase, o relativamente, o por pouco. Até há algum tempo atribuí minha falta de brilho aos azares da sorte, à cidade, ao país, ao meio, à indolência, ao ser esquivo e esquizo que sou. Hoje percebo nitidamente que me falta é talento, fervor, febre criadora. Aquela centelha a que chamam gênio, capaz de embaralhar as verdades aceitas e propor o novo aos olhos pasmos da realidade. Eis o que me falta: a capacidade de exprimir isso de maneira original, sem o já feito e o já pronto, o vulgar lugar-comum, a inércia da linguagem que transforma o dito numa dublagem do que deveria ser dito. Ah, merda, se eu pudesse rasgar com as unhas a pele das palavras, romper seu invólucro acústico, liberar o feto coaxante que habita em seu bojo, ouvir suas imprecações de cartilagem e muco — um som que fosse a extrusão de membranas malformadas sobrenaturando o mundo...

Despedida do escritório. Fiz ver ao Harry o sem-sentido de minha permanência. Não há muito que acompanhar, qualquer pessoa pode me substituir nos projetos, nas reuniões com os clientes. As palavras de sempre – venha nos visitar, não vá esquecer os amigos. De sincero apenas o abraço de Joana, tetas afetuosamente trêmulas à pressão de meu peito. A boa menina Joana vai poder finalmente pôr ordem na minha ex-mesa, o que carrego são duas caixas de papelão cheias de bagulhos, meus projetos e dejetos. Vinte anos?, sim, vinte anos que agora se reduzem a um metro cúbico de lixo, bem menos do que produz um rato em curto período de tempo. Um dos estagiários se oferece para me ajudar com as caixas, recuso agradecido, Joana corre a abrir o porta-malas. Agora vou viajar, Joana (penso, não falo), com minha próstata e minhas mamas, a caveira que me espreita sob a pele fugaz de meu crânio, levando minhas insônias e meus pânicos, convencido de que nem a mim mesmo faço falta neste mundo.

Minha filha e Marcelo me deixam no aeroporto. Vê se se larga um pouco, pai, olha a vida passando. Confesso que esperava uma despedida mais calorosa. Nunca fui muito afeito a separações e despedidas, parece que estou deixando algo que vai me faltar para sempre. Talvez por esse motivo tenho evitado o mais que posso as viagens. Aeroportos, então, são um cenário cruel, dão-me a sensação de uma ida sem volta. Minha filha e Marcelo não pensam assim, já estão arrancando com o carro, jogando-me um último aceno, enquanto procuro controlar duas pernas atônitas que ainda não descobriram a direção da porta de acesso.

Por que invento essas coisas, oh, Deus? Salas de embarque não são o ambiente mais indicado para os claustrofóbicos, e ainda menos o interior dos aviões. Começo a desejar ardentemente que um urubu seja sugado pela turbina, que um pouso de emergência nos devolva à doce rotina do lar, mas quando a decolagem se completa e soa o aviso de que já podemos desatar os cintos, começo a contar ansiosamente os minutos que faltam para aterrissar. Nestas alturas (dezoito mil pés, informa a cabine), qualquer pedaço de terra firme é um oásis encantador, mesmo o que se esconde sob a prancheta do Harry.

As idas e vindas de praxe, o trânsito para a cauda, as aeromoças e seus copos de plástico servindo aleatoriamente vinho, refrigerante ou água mineral, passageiros que se põem a remexer ruidosamente nos bagageiros e abrir sacolas (procuram pelas pastilhas de menta, onde as colocaram?), uma criança de colo que começa a chorar e divide seu desconforto e seu lenitivo conosco – a mãe a balançá-la nos braços e a cantarolar uma ladainha monossilábica que nos entorpece a todos (à exceção da própria criança, que a partir de então afina seu choro automático ao ritmo da canção materna), o senhor de óculos que olha insistentemente pela janela, chama a aeromoça e aponta para algo lá fora (fogo na turbina?), ela se inclina e responde o nome de um rio qualquer e o homem sossega – finalmente começamos a perder altura e a sobrevoar uma interminável sucessão de telhados de brilho metálico cada vez mais intenso até que um brusco solavanco nos restitui ao império inercial da física.

Passarei um dia em Buenos Aires antes de seguir viagem para o sul. Tempo necessário para comprar livros e roupas adequadas ao frio do verão patagônico. E me dedicar ao prazeroso exercício de contemplar narizes. Explico: Buenos Aires tem um prodigioso acervo de narizes femininos de extração clássica. Há narizes frígios, etruscos, gaiatas, cimérios, lídios, macedônios, aqueus, dóricos, jônicos – reunidos sob a égide greco-romana e trazidos para cá já no século XIX pela imigração italiana. Adoro admirar esses narizes e aonde vou – Recoleta, Puerto Madero, Calle Florida, Lavalle, Galeria Pacífico – aguarda-me farta colheita desses belos espécimes. Nisto levo sensível vantagem sobre os admiradores de outras anatomias: enquanto alguns se contorcem para flagrar uma nesga de coxa, a furtiva curva de um seio, eu os colho em sua petulante nudez, desarmados, esses esplêndidos narizes portenhos.

Novo suplício aeroviário e estou finalmente no meu hotel de montanha. A prova de que estou aqui, e não em outro lugar, é o que vejo através do vidro duplo do janelão do apartamento – quase dez horas da noite e o sol ainda é visível na crista gelada da cordilheira. Ontem nevou, me disseram, o que é raro nesta época do ano, mas o frio aqui embaixo não faz jus à neve lá de cima. Uma mulher passeia no jardim, a uns cem metros de onde me encontro, e a mancha lilás de sua roupa sugere uma tela de Monet. Ela caminha de braços cruzados sobre o peito, protegendo-se do vento, e é tudo o que consigo ver – minha miopia, jamais assumida, transforma a paisagem numa orgia impressionista. Gosto disso, a deficiência visual tem suas vantagens, estou contemplando uma bela mulher caminhando entre flores sem que lhe caiba qualquer responsabilidade de realmente ser bonita, basta a mancha cromática, o passo lento, a suave coreografia dos braços cruzados, o cabelo sobre o rosto. Ela agora contorna o canteiro e vem em minha direção, ou melhor, em direção ao hotel, o mesmo caminhar suave, a cabeça baixa, os cabelos lambendo-lhe o rosto. Dentro em pouco poderei ver suas feições, se ela erguer os olhos também me verá, se ela também for míope verá uma mancha esbranquiçada sob o sol esbatido na vidraça, talvez me imaginará mais jovem e mais bonito, mas se ela tiver bons olhos me verá como realmente sou, e eu daqui a instantes a verei como ela é, não, isso não é bom, num átimo desapareço da vidraça.

Finalmente desço para o jantar. Ainda não conheço o hotel, apenas o saguão e a recepção, vou andando por um amplo corredor, intercepto um garçom que passa com uma bandeja. O refeitório, ou melhor, el comedor, é exatamente atrás da porta de vidro que tenho às costas. Entro e ocupo uma pequena mesa lateral, de onde posso ver discretamente os outros hóspedes. Procuro qualquer cor semelhante a um lilás impressionista, mas só encontro casais, tom castanho queimado, ou camurça, meia-idade, alguns velhos, duas freiras, hábito cinza. Pessoas elegantes, ar saudável, barbas bem aparadas, velhinhas bem maquiadas e palreantes, uma mesa só de jovens, dois ou três narizes impecáveis, mas nada semelhante à bela do jardim. Temos cinema, biblioteca, salão de jogos, sala de vídeo, piscina – peço uma trucha lugareña, como devagar e saio para uma inspeção mais rigorosa. Concluo que a bela já tivesse jantado quando a flagrei ainda há pouco em suave deambulação entre os canteiros de godétias. Há outra dificuldade a vencer: não sei se a reconhecerei. À exceção do traje (ela já o terá trocado a essa altura), só ficaram-me os cabelos e a maneira de andar. Um andar levemente claudicante – estarei imaginando isso? –, talvez a falta de um braço protetor sobre os ombros ou em torno da cintura, jardins e crepúsculos expõem nossas carências e fragilidades, o corpo produz analgias, tiques, pequenas falhas locomotoras para denunciar sua solidão. Cavalheiro discreto, visito todos os nichos do hotel. Há diversas lareiras, poltronas, casais. Nenhuma mulher sozinha. Charles Bronson extermina meia dúzia de delinquentes na sala de vídeo, a plateia é quase toda masculina. Detenho-me o suficiente para concluir que a moça sentada bem à frente, cuja fisionomia rebate os tons cambiantes da ação, é um pouco gordinha para ter saído da paleta de Monet. Na sala de jogos lanço um derradeiro olhar – são grupos de quatro ou seis pessoas, alguns pares isolados. As duas freiras jogam canastra, presumo, cada qual mais astuta no santo ofício do lazer. Subo enfim para o apartamento, tranquilo por saber que minha bela também já se recolheu. A troco de nada abro as cortinas e olho para o jardim lá embaixo. Está escuro, dele só aparecem os passeios de seixos claros a refletir a luz mortiça de uma metade de lua. Fixo bem os olhos na curva ao longe, algo se move, um vulto ou a ramagem batida pelo vento, um animal, uma sombra, não sei – a noite sempre me produz visões inquietantes.

Ao descer para o café da manhã, sou interceptado pelo moço da portaria. Uma excursão, logo mais, para conhecermos a flora e a fauna da região. Prometem-nos coigues, alerces, mañios, canelos, pelús – em cujas ramas poderemos surpreender a furtiva plumagem de los pitíos, los picaflores, los pájaros carpinteros, los chucaos. Examino discretamente a lista de adesões, a identificação do apartamento e o número correspondente de pessoas. Dois deles exibem o número 1 ao lado, o que me leva a crer que a bela do jardim estará na excursão. Inscrevo-me e entro no salão de café com um verso de Saadi flutuando na mente: Minha felicidade preguiçosa que um dia adormeceu desperta. Há quanto tempo li esse poema? O sol, o castanho da cordilheira, os picos nevados, um céu tão azul, a expectativa de um encontro que já se afigura inevitável... Acho que estou me enternecendo.

Llegó la buseta, señor! Como?, indago, levantando os olhos do jornal. La buseta, repete o rapaz da portaria, apontando para fora. Só então percebo que la buseta é o diminutivo feminino de bus, um micro-ônibus encantador que nos levará a espreitar chucaos e picaflores. Sou o último a embarcar, porém o mais lépido e decidido. Tomo assento junto à janela e mal la buseta arranca meu coração dispara. E ela, não pode ser outra, só pode ser ela – a bela do jardim! Bem na minha frente, senhora de si e das ondulações de cobre brunido que o vento frio produz em seus cabelos. Ainda não vi seu rosto, apenas a linha fugaz do perfil que se oferece à paisagem, entrecoberta pelo gesto de controlar os efeitos do vento. Nenhuma ansiedade agora. Basta-me a certeza de sua presença. Basta-me aspirar o perfume que vem dela, o cheiro de lã nova de seu agasalho, o leve olor de um corpo de mulher recém-amanhecido. São seus feromônios, sua marca odorífica pessoal que registro em meus sensores. A partir de hoje, animal farejador, reconhecerei minha bela através do olfato.

Mas dela não me aproximo nem vejo necessidade. Somos um grupo de turistas ávido por paisagens. A guia nos conduz por trilhas pedregosas a cascatas de água gelada, avistamos golondrinas à beira de um lago, fotografamos uma velha igrejinha de madeira escondida num bosque de alerces, colhemos amoras silvestres, um senhor gordo torceu o pé, não vimos qualquer pájaro carpintero. Somos ruidosos, alegres e tribais. Fazemos observações em voz alta, falamos a ninguém e a todos ao mesmo tempo, ultrapassamo-nos uns aos outros em gentil algaravia, esperamos os retardatários com um sorriso triunfante em cima de uma pedra, misturamos nossas mãos sob o jorro de água fria. A bela já estabeleceu minha singularidade, percebo, a cada embarque e desembarque nos saudamos com sorrisos, somos cúmplices na troca de olhares quando terceiros destoam ou se excedem. Somos um e um entre trincas e pares, compartilhando com a tribo uma vivência provisória. E assim retornamos ao hotel, alheios e castos, cada qual ao seu rumo, talvez amanhã por aí, quem sabe à noite na sala de jogos...

Um dia sem ver a bela – ei-la que ressurge entre nuvens de vapores caminhando pela borda da piscina. Escolhe uma cadeira próxima à minha, tira o roupão, estende a toalha, estira-se com um langor de gata e só então me serve um naco de pão de seu sorriso. Temos vivido assim, numa dieta de distâncias e sorrisos, sem palavras, pois tudo nos dizemos com os olhos. E que falta nos fazemos um ao outro quando, à tribo já reunidos, um de nós se atrasa.

Hoje estamos realizando, pela primeira vez, a prova da piscina. Significa que vamos nos revelar os pequenos estragos que o tempo esculpiu em nossos corpos já maduros. Ela, mais nova que eu, uns sete ou oito anos; eu, mais velho que ela, uns dez ou doze anos, a julgar pela maneira como imagino que ela me veja. Mas não importa. Não preciso esconder nada dela. Ao contrário: exibo minhas pernas finas, a pele descorada, esses pelos longos e duros que de uns tempos para cá começaram a nascer nos meus ombros. Gostaria que ela soubesse que três dos dentes com que lhe sorrio são removíveis e laváveis.

Ela, por seu turno, me exibe no alto da coxa uma depressão lateral de pele luzidia, que suponho o resultado de uma cirurgia de colo de fêmur. E na perna oposta, logo acima do joelho, uma pequena rede de varizes que ela faz questão de massagear com ostensivo empenho. Depois empina os seios e se examina, reprovando um excesso que eu aprovo, como aprovo tudo dela.

Já estamos irremediavelmente condenados um ao outro.

Jamil Snege (1939-2003) nasceu e viveu em Curitiba e a cidade é uma presença constante em seus livros. Publicou onze livros e apesar de receber ofertas de grandes editoras, sempre optou por fazer seus livros de forma independente ou com editoras locais. Foi o caso deste *Viver É Prejudicial à Saúde*, publicado em 1998 pelo autor. Jamil Snege é fundamental para a literatura de Curitiba e brasileira, seus textos influenciaram muitos autores e sua visão sobre a vida é única. Entre seus livros estão *Como Eu Se Fiz Por Mim Mesmo*, *Tempo Sujo* e *Como Tornar-se Invisível em Curitiba*.

Este livro foi produzido no Laboratório Gráfico
Arte & Letra, com impressão em risografia
e encadernação manual.